歌集

聴花残日抄

繁田達子

砂子屋書房

＊目次

I

装本・倉本　修

歌集

聴花残日抄

I

残日

天空に何求むるか木蓮の白きつぼみのなべて上向く

あふれ咲くさくらの枝に鳥止まりその重さにて枝は撓へる

菜の花をゆがけりその日さびしくて菜の花の香を胸ふかく吸ふ

枯れかかる紫陽花の花抱きたり死にゆくあまたの小さき花を

浸りたる水を遠海《とほみ》とおもふかや殻をひらきて砂を吐く貝

黒鯛を姿に焼きて食ひたれば皿に残れる骨潔《いさぎよ》し

炎昼の気も夕べには鎮まれど棚の鉢には熱含みたり

閉め忘れたりし厨の小窓より吹き入りてくる初秋の風

＊

上原彩子ピアノコンサート

モーツァルトのソナタの楽の身に沁みて耀ふわれは衢を歩く

鹿児島交響楽団

高らかに金管鳴れりシェヘラザード才気の王妃たちあらはるる

蝶の舞ふやうににほへる胡蝶蘭わが残日の生かがやくか

聖地ヴァラナシ　二〇一三年

ガンガーにあさの光の射し来たり遺灰も供花も溶けて流るる

身を焚かれ歓喜の灰となりぬらむ大河ガンガーに魂もどる

土産売る少年の眼のうつくしく耀やきて言ふ「ニッポンニイキタイ」

ハイウェイの橋脚下に子どもらの寄り合ひて臥す月のひかりに

育つものたち

男孫六首

身ごもると顔かがやきて報せ来る娘の笑みの亡き母に似る

生れし子は地蔵菩薩の顔ながら欠伸すくしやみすまた眉も寄す

うすき爪小さき指に十片《とひら》つけ産まれきたれり娘のもとへ

音立ててわが指を吸ふみどりごよつなぎ来たれる生命なるかな

子をあやす声より母となりゆかむ語尾上げ語る娘の声す

霊長類ヒト科たるかなみどりごは足踏ん張りて宙《そら》摑まんとす

女孫三首

幼子がボール蹴らむと上ぐる足ふつくらとして獅子の子の意気

五歳の子阿修羅の像をみて唱ふ「おててがいつぱいおかほがいつぱい」

空色のランドセル選ぶをみな児よ大空に描け新しき夢

男孫三首

少年はふいに利かん気を鎮めたり瞳にとほきものを見詰めて

幼児語と他人めきたる口ぶりと程よく混ぜて十歳《とを》の少年

恥らひて低き声にて少年はその母親を「あの人」と言ふ

寒暖の波

石の坂登れば銀杏大樹立つ黄は発光し厳かに映ゆ

秋暑く寒暖の波ととのはず桜の花の二つ三つ咲く

散り際を晩秋の風に委ねたり吹かるるままに銀杏散りゆく

乳柱《ちばしら》は老いし銀杏に幾筋も垂りて聞きけむ母の祈りを

盆栽

地植ゐせし楓の枝はのびをして型崩しつつ庭の木となる

いひ過ぎもひと言いへぬも胸塞ぐ冬の桜の枝重なりて

諭さむと問ひ詰めゆくに涙せしかの女生徒に詫ぶるすべなし

キー軽く瞬時に百字現はるれ鉄筆に彫りし一字重しも

専業主婦か就業者かの選択肢申込書に無職と書けり

枯草の覆へる土手に列なりて白梅咲けり紅梅咲けり

冬ざれの直中《ただなか》にありて梅開くひとりつらぬく人のごとくに

細長きガラスの瓶のうちに生き黄のばら一輪つぼみふくらむ

四十段上がれば墓石十九基眠れる父母に南風《はえ》わたるなり

敗戦の年刻まれし姉の墓碑三歳の子の独り遊ぶや

戦争の起き上がりくる気配あり年明けの空晴れわたれども

姑

紅に咲きたる八重の薔薇の花老い初むるごと花びらくだる

老衰は嚥下力より失《う》するらし見る目聞く耳心はあるに

生ききたる証か姑《はは》の足の爪ざらりと硬し力込め切る

「はなきれい」幾度もいくども姑言へり咲き乱れたる幻花見てゐむ

惚けたる姑は幼と塗り絵をすクレヨンひと箱共に使ひて

茫茫と惚けし姑は安寝しぬ湯浴みの窓に十六夜の月

古稀の夫その姑と吾と三人ゐて老いの道行きそれぞれ孤り

アウシュヴィッツ　二〇一四年

何を見に来しやと死者の問ふ声す夕霧深く沈む収容所

有刺鉄線二百ボルトの真下にて春の芝生は青く芽生えぬ

地下牢に祈りの歌の響きけり身代わりの餓死選びしコルベ

刈られたる髪に混じれるおさげ髪少女そのとき叫びたりしか

髪刈られ織られて布にされにけりいくたびも女貶めらるる

無造作に高く積む靴それぞれに足ありにけり息づきにけり

ドイツの高校生らしき一団

眉寄せて黙し歩める若者ら死者の問ひうけて胸に抱くや

涙ぐみ苦しき面《おもて》の若者は暗き雨雲仰ぎて立てり

秋雨に引き込み線のひかりたり焼かるる人をいくたび運ぶ

息を張り心致して会はむとす百五十万亡き人の魂

湧き出づるかなしき怒り身を満たすこぼさぬやうに血肉となさむ

ワルシャワ

なだれ響くエチュード「革命」遠き日のワルシャワ蜂起に呼応するごと

腰下ろし永久の憩ひに安らぐやショパン銅像柳の下に

ワルシャワの市民マラソン応援団ポロネーズのリズムで太鼓を叩く

モルダウの橋を飾れる聖像群薩摩に来にしザビエルも立つ

モルダウもエルベもドナウも若き日に友と唱ひし懐かしき河

大宰府

ペダル軽く筑紫の歌碑をめぐるなり万葉の風シャツを通れり

この辺り大宰の帥の館《やかた》跡梅の葉さやぐ宴思ほゆ

都府楼に吹く風刹那きらめきて十歳《とを》の家持顕るるごと

観世音寺

木々の中どつしり蒼き梵鐘を撞かばひびかむ天平の音

遊女児島

袖振るは無礼《なめ》しと堪へし娘子《をとめご》のつひに袖振る水城の丘に

茅生ふる小道のカーブ心地よし友と二人で自転車借りて

歌碑めぐる小道いくども曲がりゆく道曲がるたび心の和む

飛鳥路

香久山も三輪も畝傍も駅名ぞJR万葉まほろば線は

飛鳥路のユースホステルに泊まる夜は若きらと共に歌をうたへり

冬の日

相席の五人黙してそば啜る連れなきわれに夕陽の温し

母の忌の坐る座敷に冬日差し死者も生者もつつまれてをり

縮緬の着物をシャツに縫ひ替へて身にまとふなり母とゐるごと

先に妻一年後に夫逝きてたそがれ時の隣家暗し

友ひとり見舞はざるままうしなへり喪中欠礼一葉届く

彼の岸に渡らむとする死に化粧約《つま》しかりにし叔母も華やぐ

叔父戦死

父の顔知らぬ子一人育てあげし叔母の遺影は菩薩のごとし

年の瀬に逝きたる叔母の賀状来つ代筆の字で「今年もよろしく」

幾山河

耳川の翡翠の色が青色になりて着きたり坪谷村に

美々津和紙漉き来し人は年老いて後継者のことほつほつ語る

父酔へば幾山河を歌ひにき黄泉に移りて二十八年《とせ》

亡き父を同行としてのぼり来つ東支那海遠くかすめり

ふるさとの丘の平らな草叢に父の縁の五人寝ころぶ

薄青き連山処々に山桜咲きておのれが在り処《ど》を告ぐる

海水の流れ込まずばカルデラは草原にいま馬奔るらむ

雪冠る山端然と坐すれども内に忿怒のマグマ蔵《かく》せる

頸と脚ますぐに伸べて飛べる鶴いのち満ちたる内臓運ぶ

電気蓄音機《でんちく》のアームの如く首納むそれぞれ憩ふ群なす鶴は

熊本地震

映像で知る激震を屋根に葺くブルーシートを見て確かめつ

本あまた放擲されしを掻き集め床積みのまま揺れ千回とぞ

芭蕉青葉茂り垂りたる道抜けて光の先に汀女句碑あり

何処より湧き来る水ぞ清らなる芭蕉林に護られて湧く

「長酣居」昭和の木造二ＤＫ歌人ら若く激論せしと

からたちの棘

ステージ4宣告されてすごす日を友は絵に描く庭のメジロを

草も木も花虫鳥も人さへも耀ふ五月友の訃届く

出棺を送りし後のさびしさを埋めむと級友七名集ふ

紫陽花の毬重うして風に揺る枯れしは揺れず花も落とさず

起こりてはにはかに終る蝉の声山影深く夕ぐれにけり

背中割る意志のこれるか葉にすがる空蟬見れば漲る力

仰向けの落ち蟬はなほ息ありてその脚先の微かに震ふ

涼み猫風の通路にまどろめり老いの成熟極むる猫は

コスモスの花弁に風の集まりて音もなく揺るさやさやさやと

からたちの無数の棘のさびしさよ秋天を刺し互《かたみ》にも刺す

幼子の手につかまれしからたちの実はまろやかに陽の色に照る

侵されつつ芒は耐へて戦ぎをり泡立草の丈低きなか

総状の蓬《ふつ》の小花に耳寄せてササササチチチ私語《ささめき》を聞く

歌作りあぐねて仰ぐ秋天に少し不出来の鰯雲あり

青梅

梅の実の去年《こぞ》みのらぬを問ふわれに梅にもこころと庭師は笑ふ

重なれる梅の葉叢に木もれ日はちぎり残れる梅の実照らす

法案に答《いら》へにならぬ応《いら》へして国の大臣《おとど》の軽き言の葉

青梅をさらす漬ける煮る刻む共謀罪の成立の日に

茫茫と日日を過ごせばアウシュヴィッツの見物人にわれ堕ちゆかむ

福島

人ひとり無き福島の町廻《めぐ》る柩のごとくバス静もりて

バスに居てシーベルト値の上がりける原子力発電所より一キロの地に

遠き沖縄

登り来し嘉数高台《かかずたかだい》一望にオスプレイ黒く御座《おは》す基地見ゆ

移り住みて歳月長し友は今関西訛りの沖縄人《うちなんちゅ》なり

グルクンの空揚げを盛る大皿は藍色深き波濤を描く

辺野古にて拾ひし珊瑚のひとかけら喉の仏の尖れるに似て

帰り着く空港の風の冷たきに沖縄の距離胸を衝くなり

春の雨

「自由主義者ひとりこの世を去る」と記し上原少尉出撃をせり

許婚者の幸せ願ふと綴る文「会ひたい話したい無性に」と閉づ

出撃の直前に書きし遺書ありて「道程」読みたし「万葉集」もと

立ち止まり遺書に見入れる人多し特攻会館静寂の中

資料館出づれば寒き春の雨花待つ桜の枝を濡らして

II

昭和二十年

六月十七日鹿児島市空襲

六月のまぼろし　赤子の吾抱へ防空壕へ母の走れる

昭和二十年七日生きにし弟の位牌の当歳墨痕の褪す

レタスの葉厚きをちぎればその茎に滲み出づる白き細胞液あり

職退きて友培ひし萵苣《ちしや》の葉をはがしてゆけば力ある音

苦き香のたちて厨は謐かなり姑《はは》為ししごと石蕗《つは》を煮るとき

橙を三たび煮こぼし苦味棄つただしきことをなすがごとくに

縁石に吹き寄せられたる楝の実土に返すともろ手に掬ふ

金網の隙間を抜けてさしのぶる枝に山茶花散り残りたり

山茶花の生垣に沿ふ通学路散る花びらを拾ふ児もなし

刃を入れて白菜太き根を摑み引き裂く音のひびく夜更けに

切り割かれ卵ゐぐられし塩鮭の腹ほのかなるうすくれなゐよ

大豆壱裸麦参塩壱弱麹《かうじ》にまかせ早春を待つ

阿木津英歌集読みつつ歳晩の厨にこもり黒豆を炊く

太鼓橋

年立ちて新しき日記つづるなりわが癖強き筆圧をもて

嘉永の銘彫《きざ》みし石の太鼓橋七歩に渡り社に参る

壮の顔白く塗られて菅公は小さき社の奥にまつらる

初詣寒に入りては人もなし結び御籤の白き花咲く

やうやうに黒土擡ぐる霜柱かほを寄すれば繊き輝き

隠れ念仏

山道を念仏洞までひそひそと人たどりけむ禁を犯して

杉叢を漏るるひかりも届かざる洞《うろ》ありにけり巌の裂け目に

鳴く声のさびしげなりき柿の木の枝に鴉は睥睨《へいげい》しつつ

夕空に鳴き合ふ鴉その声のひたすらなりとけふは思ひぬ

啼きかはす聞けばひしやげたるごとき声　あはれ老いたる鴉も交じる

あら草の野面《のもせ》が上に朝顔は青く露けき花をちりばむ

切岸《きりぎし》の壁一面に萩の花咲きて靡かふ歎くがごとく

一抱へ萩もたぐれば萩の根のうすくらがりを虫の跳ね出づ

「かごしまの仏」展

廃仏毀釈に御手失ひし菩薩像天衣《てんえ》のひだの流れうつくし

金箔の剝ぐる木目《もくめ》のみ仏のまなざしはわがうへに届けり

首削がれ床に置かるる石仏の少しくづれし顔懐かしく

ウズベキスタン　二〇一七年

天井に彫り麗しきキリル文字またラテン文字駅の名記す

指導者《イマーム》の祈りは深し歌ふごとドームのうちに声は響かふ

祖母編みし靴下を売る少年の英語楽しくわれ五足買ふ

朽ちしまま聳え立ちたるティムールのアーチの周り鳥影は飛ぶ

キシュキシュと砂漠の紅き砂踏みて滅びし古き城砦登る

らくだ草鋭き棘に指は触る血を流しつつ駱駝食むとぞ

道逸れてうすくれなゐの小花見つ枯れ木とまがふタマリスクの木に

供　花

喪主・姉

ためらひし一瞬ののち炉のボタン指は押しけり真直ぐに伸びて

焦熱の火に焼かるるを生者らはものを食ひつつさざめきつつ待つ

骨拾ふ箸に肋骨挟みたり最後の息に動きしところ

十日前起き上がらむとせし人の骨柄《こつがら》軽く壺に納まる

遺骨抱く人も遺骨も道なりのカーブに揺れて心地良げなり

供花なりしカサブランカのその花のはらりばらりと散りて初七日

月下美人今宵は咲かむたいせつに抱《いだ》きて鉢を室に移しき

月下美人萼ひろがりて大き花押し開くとき清き香の立つ

夢に会ふ

天皇と死期を競ふと苦笑して父逝きにけり昭和の果てに

本好きの父の本すこし遺したり植物日誌の大学ノートも

F:fine C:cloudy R:rain

F・C・R楷書のやうに並ぶ文字父の日誌の天気の欄に

死の床の父の足指撫でにけりわれとよく似ることもかなしく

をりをりに父の遺しし時計嵌む父の手首を確かむるごと

三十年《みそとせ》ののちなる夢に会ふあはれ遠ざかりゆく父の背中よ

母若く龍郷柄《たつがうがら》の紬着て振り向かざりき夜半に目覚めぬ

遺影には写りてあらぬ細き指その指は弾きし浜辺の歌を

蒲生和紙便箋選ぶ亡き母へ詫びの手紙を書きて供へむ

青き実

背表紙の黒地に金押す『沖縄』は本屋の奥の棚に在りけり

手に取りてわが胸に抱く『沖縄』のうたの千首を桃原邑子を

知事を悼む歌手が反日と蔑さるるこの荒涼を何といふべき

沖縄のシークヮーサーの青き実をわが手の窪にしばらくつつむ

傾《かし》ぎたる食卓の上ゆるゆるとシークヮーサーの転がりゆけり

確かむ

夜更けて柱干割るる音ひびく肩に打たれし警策のごと

墨書せし封書をポストにすべらせて音を確かむ底に届けり

夜の闇に沈める家のひとところあかり点してもの書きつづく

行く先のあるがごとくになめくぢは重き身を曳く夜の厨に

聳え立つ積乱雲のつらなりてわが小心の愚に迫り来る

鉛筆の芯突き立てし若き日の悔しさの跡わが手に残る

言ふほどの過去もあらずて旋律を左手に追ひインベンション弾く

中野重治

あかままの花を扱きて懐かしむ「歌ふな」のかの訣別の詩も

乾びゆく珠あまたなる吾亦紅電車通りの花屋の甕に

風の吹くままに芒穂靡きつつ枯生《かれふ》に浄きひかり立たしむ

撓ひたる尾花に露の連なりてひとつびとつに朝の日の射す

筆仕舞本仕舞

孵化ののち間なきヤモリかいとけなし指をひろげて壁に張りつく

植木鉢上げたる跡に犇めきて蟻はしばらくその外へ出でず

雑魚を噛む鋭き歯あり口ややにあけてカマスの眼《まなこ》涼やか

鉄骨に銀の仕掛けの網かけて網に居りけり蜘蛛は身過ぎに

振り向けばちひさき猫の足止まる人恋ふさまに従き歩み来て

醬油焦ぐるにほひして来るお隣の1K《ワンケイ》アパート春の夜更けに

列なりてバスを待てるは囚人《めしうど》のやうに項垂れスマートフォン持つ

忙《せは》しかりし日々の習慣《ならひ》の身につきてエスカレーター列なすを抜く

スニーカーの踵潰して歩きゆくわれの昔はなさざりしこと

久久に会ひたる友はまなぢからこめて順風満帆かと問ふ

友としてなほありたしと賀状来ぬ筆仕舞すと出だしやりしに

遠のきし人のアドレス削除せり一《ワン》クリックの繫がりなりき

本仕舞とて『レーニン選集』先ずは売り夫は空《す》きたる本棚を拭く

枇杷の実

校庭を陽光浴びて児ら走る原始より子らみな走りけむ

蹴り終へて帰りし児らをまねぶごとサッカーコートに鴉らの群れ

二羽三羽発てばこぞりて飛び立てり鴉は太き喉声あげて

陽を浴びて遊ぶ子の髪思ひ出づ拾ふ鴉の羽根のにほひに

「お前様《まんさあ》」語尾上げて父を呼ぶ声す庭にかがやく枇杷の実ありて

襖越し諍ふ声に「お前様」聞き取りにけり小女子《をとめご》われは

すれ違ひざま「おれ」とをさなき声のしてあかき帽子の園児ら三人《みたり》

わがまへに弾む黄色の雨靴の脱げかかりては小さき踵

ぐいぐいと筆圧かけて幼子は名の一文字の「ゆ」を描きたり

火の島

切り通し下れば蒼き桜島真向ひに見つ海に傾《なだ》れて

火の島の山稜に立つ夕虹の藍紫《むらさき》ゆるぶまぼろしのごと

宙《おほぞら》の風を恃みて銀《しろがね》の風車の羽根の廻りはじむる

五千米超えて噴煙立ちのぼる沈む夕日にのしかかるごと

火山灰《よな》の舞ふテントに児らは黙し待つ金管楽器それぞれかかへて

片脚は錦江湾に国道を跨ぎて冬の低き虹立つ

桜島沸き立つマグマを隠しつつ端座するなり海従へて

まむし草

崩れたる石にも梅の花散りて菅公の墓と立札のある

手作りの豆腐一丁ほの温し梅林を出て媼の店に

木立よりふいと現れ雉鳩の赤き目勁し吾を見上げて

むらさきに愁ひけぶらふ岩躑躅異動内示のかの日のごとく

花散るが何寂しきと鵯は空へ翔びたつ葉ざくらの枝を

葉桜に花は見えねどほろほろと花びら散れり淡くひかりて

地面《ぢおもて》の葉叢の影の一ところ動きてふいに蝶の舞ひ立つ

老いし葉の固きは真直ぐに落ちてくる風にさやげる樟若葉より

疎まれて挑みて生くるまむし草その若き葉の苞にし触るる

西郷軍征きし古道にうぐひすのつま呼ぶ声の響き渡れり

原子炉の火

沈む陽の熟し滴り落つるさま東支那海の波のうへにて
海の辺に原子炉の火のもゆる町大き夕焼けあまねく浴びて

原子力発電所《げんぱつ》の下請け業の親あれば教壇に立ちてもの言はざりき

原子力発電進めし亡き夫を矜持にもちてここに住む姉

「強制停止」二〇二〇年三月

炉は冷えてゆきつつあらむ春の日を建屋は返す無機的白に

原発訴訟の集会に行かず歌会に来たりしわれをわがこころ責む

眠られずラジオを合はすワルシャワの春を伝ふる沸き立つ声に

焚くこと蒸すこと

未だ見ぬシベリアはるか食用大黄《ルバーブ》の赤き葉柄さくさく刻む

ルバーブは東欧の薔薇のくれなゐかホーロー鍋にかき回すとき

老いびとの今朝の食卓はなやかにルバーブジャムとパンとを装ふ

北海道新聞湿るにくるまれてアスパラガスはふとぶととあり

段ボール箱を開くれば岐阜の柿どつと声上ぐわれに向かひて

実る田の稲穂のさやぐごとき音もろ手に籾を掬ひあげては

縄文の人らも食みし栗の実の艶を愛《を》しみて卓上に置く

焚き上げて湯気に栗飯蒸らす間を思ひめぐれり焚くこと蒸すこと

芋蔓をたぐり寄すれば紅さつま肩をいからせ連なりて出づ

寒雷に目覚めし鰤《ぶり》か馴鮨《なれずし》の鰤の照る身は蕪《かぶら》に添ひて

浅鍋に詰めて並ぶる小鰯《こいわし》の瞠《みひら》く眼みな潤みたり

睡蓮と烏賊

戦《いくさ》の碑関ヶ原より九基立つその時々の石の形に

ひぐらしの啼き継ぐ森の戦の碑死者列なれるまぼろしの見ゆ

畳の間使わぬ日々にそのかみの田の字の家の畳を思ふ

白装束揺れて桶棺に座る祖母幼きわれはじつと見つめき

飼ひ猫を埋めし楓樹の根のもとにひかりゆらめく繁り葉透きて

あふれ咲く白き小菊を瓶に挿しわれの机も清らかに見ゆ

睡蓮の花浮く放棄水田に夏の真昼の雲映りたり

田を棄てしかなしみのごと睡蓮の厚き葉間に水の面《も》蒼し

棄てられし水田の面に香の立ちて睡蓮のはな幾叢が浮く

思春期の生徒ら懐《おも》ふ睡蓮の花びら白く尖るを見れば

もの言はぬ生徒なりけりこの夏もトロ箱一杯烏賊送り来つ

己が腑の掻き出ださるる経緯《ゆくたて》を烏賊知るごとし澄む眼して

透きとほる烏賊の造りに添へて置く薩摩切子の金赤の盃

聴く

夫死すと電話に告げて黙したる友の吐《つ》く息耳にし残る

遠き耳そばだてて聴く隣家の虫籠に鳴く鈴虫の声

幻と現《うつつ》と分かぬ鳥の声耳遠き吾は森をさまよふ

聞き取れず耳の底ひに溜まりたる言葉出でよと身を横に臥す

補聴器を外してテレビの音を消すひとりのわれに戻らむ夜に

手枕に耳押し当てて身に潜む管《くだ》のひびきや搏動を聞く

晒したる独活をしやきしやき嚙む音を互《かたみ》に聞きて夕餉静けし

ありなしの情《こころ》もうすれ日々は過ぐ湯豆腐を箸につつき合ひつつ

裏口に呼ぶ声のしてクローバー四つ葉ひとひら夫摘み来つ

春の苔

隣屋の蒼き瓦にさむざむと照る月を見つ硝子窓越し

小夜中に目覚めて闇に眼を凝らすものの像《かたち》の顕ちくるまでに

級友の訃報のメール夜半に来て繰り返し読む孤独死の文字

夜の更けに軸を回してゆるゆるとインクを吸はす手すさびのごと

真直ぐに引きおろせども生の字の縦線《じゅうせん》のやや左に歪む

卓球

サーブ打つ静止その時球載する二十歳《はたち》の白き手の先ふるふ

ガラス越し漸う会ひ得し姑は今童《いまわらは》なり手遊びをして

われに今朝ひらく紙面の運勢欄「徹底的に争へ」とある

書き残すことあるごとく購《もと》め来つ罫線多き五年日記を

戦《いくさ》の碑還らぬ人らの名を彫《ゑ》りしくぼみに春の苔ひかりたり

冬空

読みさしのページのままに眠る夫うすき背なかにケットかけやる

銀ラメのスニーカー履き出でて来つ用あるごとく鞄も持ちて

鵯のなげくがごとく鳴く声に歩みを止《とど》む櫟《いちひ》の下に

石垣を越えて落ちたる藪椿箒目正しき黒土のうへ

冬空を蔽はむばかり藪椿廃寺の跡地狭きに立ちて

響き合ふ樹々の葉擦れは森の歌ショスタコーヴィチ甦り来つ

電柱の天辺に首竦《すく》めたるはしぶと一羽動くともなし

自転車のハンドルに黒き数珠を掛け襤褸の男信号を待つ

原初よりここにし在るといふごとく梅咲きてをり枯野に一木《ひとき》

紫陽花の老残の列はなの球ちぢみ乾くに添ひつつ歩む

図書館の窓辺にときに老いびとは禱りのごとく頭《かうべ》を垂るる

鄙の畑

山霧の立ち込むるなか運転をするわが車浮くごと走る

地球儀の大きをみやげに走りゆく娘とその子の暮らせる鄙に

三叉路に待てる男児の遠くより走り来る見ゆ祖父母迎ふと

米国に学びし娘も年を経て鄙の畑にじゃがいもを植う

僻村に有機栽培農業に勤しむ娘よ真幸くあれよ

鼻崩ゆる田の神様《かんさぁ》のかたへには束の黄菊の無人販売

醂《あお》し柿そのとろとろに口付けて一息《ひといき》に吸ふ鵯ならなくに

「レオレオニ・スイミーよむよ」七歳の読む息継ぎの電話に弾む

寡黙なる美容師けふはたのしげに孫の話す祖父の声にて

屋久島に民宿建てむと呟けり老美容師はカットをしつつ

流離のおもひ

剣山《けんざん》に立つ細茎に芍薬の大輪ひとつ咲き据りたり

幾重にもたためる花びら解き放つ芍薬の花濃きくれなゐよ

吾《あ》を見よと宣《の》らすごとくに赤く咲く芍薬の語の聞こゆるを待つ

あさ開きゆふべに窄《つぼ》むチューリップ今朝黒土に花びらの散る

思ひきり仰《あふ》のくさまに開きたるカサブランカの白のかなしも

花びらは反り返りたりつき出でて雌蕊はいまし受粉を迫る

林道の木木にさくらは見ざれども散る花びらは道のほとりに

二の丸へゆく細道の木の段《きだ》にさくら花びらいくひらか付く

傾きしイブキ伐らせて切株に触るれば温しかすかなれども

切株の断面かくも入り組みて生き難かりし一生《ひとよ》なりしか

たならに茹で栗つつみ匙に刳る老いの庭師の所作うつくしき

わが庭のブルーベリーの実を食みてひよは何処に紅き息吐く

朝なさな来る鵯《ひよどり》と頒ち合ひブルーベリーは一・二キロ

野分去り庭に来鳴ける朝の鳥ラララララとわが合はせて歌ふ

段ひとつやうやうを跳ぶ小鴉は三段まで来つわが家訪ふと

ふるさとはここと子は来て戻りゆくわが流離《さすらひ》のおもひを知らず

漂泊のおもひの湧きて乗り込みしローカルバスは行くあてもなく

青年の座席譲るにさはやかに譲られてゐる吾を驚く

六甲の森のをぐらき高みには領巾《ひれ》振るごとし滝のしぶきは

「ジェルブロア、テラスの食卓」シダネル

誰もゐぬ食卓の絵に描かれてワイングラスの飲みさしひとつ

剛《かた》き音する夏落葉踏み行けばうちつけにして軍靴思ほゆ

風のみち

新型コロナウイルス感染症流行

死に近き姑《はは》に会はむと防護服まとへり乾く音を立てつつ

横たはる姑の耳朶皺みたり福耳なりし名残りとどめて

姑《しうとめ》を呼べば眼の動きたりうすき目蓋は開かざるまま

血の管の浮く手の甲に点滴の針を刺させて姑は生く

口あけてうすく臥したる姑の息あたたかくわが手にさやる

たまきはる命盡きむとする姑《はは》の肩に息する息するちから

病床の窓より見ゆる風のみち楓に青き漣の立つ

かなたよりかすかに呼べる声に覚む窓白みゆく忌の明けの朝

現世《うつしよ》と隔つる墓の重き戸を開けて納めぬ姑の遺骨を

みはるかす開聞岳の頂の冬天あおき涯にちひさく

しづやかな正月にして黒薩摩《くろもん》の皿一枚に煮しめを盛りつ

齢経て指紋うするる指の腹あはくひかるを灯にかざし見る

メス入るるは虹彩のへり二・四ミリ画面を見つつ医師《ドクター》言へり

ふらつくは耳底《じてい》にたまる水ゆゑと透きたる水の青をおもへり

真夜中の鏡に写るわれを見るわれのうしろの暗闇をみる

土匂ふ

シャッターを押して落ち葉の名を検《しら》べついでに触《さや》る土匂ふ葉に

菜の花にすがりて蜜を吸ふ虻の花もろともに満ち足らふらむ

咲きたれば野菜売り場に値を下ぐる菜花はわれの掌《てのひら》の春

飛ばんとす石蕗《つは》の穂絮の白き毬真直ぐに立てる茎のいただき

鉢植ゑのトマト初めて生《な》りたるを真玉のやうにもろ手につつむ

背をかがめ父は墓石を洗ひにきその父をさむ納骨堂に

西南戦争薩軍戦死者の南洲墓地

鮮しき黄菊供ふる墓もありおほかた若きら眠る二千基

江津湖の歌碑

灰色の石やはらかき像《かたち》して歌碑はありたり新緑のもと

歌碑に彫《ゑ》る万年筆の筆跡を指になぞりて声に出だせり

居酒屋に共に飲みしと語り出づ土地の老いびと歌碑を指さし

ボストンゆ上妻朱美帰り来と子を待つごときはづむ歌あり

『邯鄲線』　石田比呂志

石田比呂志の万年筆の青き文字実直の顕つ枡目塡《みた》して

噴き出でて白きしぶきに散り落つる水を手に受く袖濡るるまま

遠く見る深耶馬渓の山桜しろじろと咲くほつほつと咲く

羅漢寺に登り来れば断崖《きりぎし》にさくらひと本咲きにほひたる

天上の音

うつし身を涵《ひた》してありき舟歌《バルカローレ》くらきホールに流るる音に

ドビュッシーの半音ずるる曖昧を呼吸《いき》整へて弾くアラベスク

一すぢの糸ひかりつつ降《くだ》る蜘蛛天上の音生《あ》るるごとくに

ネモフィラに低くわたれる風見えて補聴器の音量上げむとぞする

クマゼミの声はたと止む十一時庭は桜の葉のみうごけり

男女共修

一九八五年女子差別撤廃条約批准

教育に女子差別あるなどいまさらの高校家庭科女子のみ必修

一九九四年高校家庭科男女共修が始まる

この四月咲く花なべてうつくしく男子女子待つ教室へゆく

憲法第二十四条をプリントし生徒に配る授業開きに

実習に男女混じれば活気あり鰯をそれぞれ手開きにする

教材としたる貧窮問答歌農は藁《わら》しき直土《ひたつち》に住む

追熟の香

青梅を笊に広ぐるリビングに甘き酸き香の立ちはじめたり

わが庭に咲きにし梅の青き実の追熟の香はけふ室に満つ

玻璃甕に金色《こんじき》の梅酒透きとほる熟成までの時を湛へて

つば広き帽子被りてマスクして見え難き世を見つつ歩まな

買ひ来たる拡大鏡の試し読み九条守れの意見広告

舗装路に垂るる枝より連翹の花散りぼへり淡くひかりて

四照花《やまぼふし》そのしろたへの苞片に触るればかすかなれどもかたし

下闇に群がり咲けるどくだみの花はかなしも白きがゆゑに

山茶花の赤きを咥へ引きちぎり飲み込むまでのひよどりの嘴

骨組みを曝し鉄塔突つ立てり薺の花の咲きわたる野に

もはやわれ立つことあらず尖りたる頂はるか高千穂の峰

音の無き苦しき夢に覚めてより言はざる悔いの胸にまた湧く

里近き石祠《せきし》の中に鈍色の石ひとつあり神のごとくに

祈りつつわれの引きたる御神籤の意に染まざればいま一度引く

惑へるは思惟深まると思ふなり葉叢色濃き椿の樹下に

届きたる古書を開けば繰《く》る紙の音さへ匂ふあたたかき午後

竹群のさやぐ小道に四拍子《しびやうし》の反戦歌ふと口衝きて出づ

八重桜濃き花びらを日ごと干す己が寝棺の枕に詰むと

縫ふ・織る

開帳の如来坐像に頭《かうべ》垂る誦経の声の聞こゆるなかに
本尊を遠くに拝み若き僧ひとりとなふるバリトンの声

平城宮跡

裳裾ひく女人のごとくまひるまの朱雀大路の真中を歩む

法華寺

右足の親指の先跳ね上げて観音像は踏み出でむとす

正倉院展

刺し子縫ふ天平人の手の運びそのたしかさよ袈裟の針目は

千三百年前のおほぞらの残照か犀角杯《さいかくつき》の朱の色深し

上総《かみつふさ》の民の織りにし布のいろ褪すれど残る紅花の色

ひろやかな飛火野の原に鹿と吾と何なすとなき豊かさに居り

背後《うしろ》より乾く枯葉の音のしてわれを過ぎゆき坂道降る

「青丹よし」製造《つく》る菓子屋は少なしと店の媼のやはらかに言ふ

馬毛島

牡は原に牝と仔は森に棲み分けて馬毛島《まげしま》の鹿《しか》生き継ぎて来し

ブルドーザーに均され基地になりゆくを馬毛島の鹿見つめてをらむ

隼人

荒々しき木の根跨ぎて搦手の道のぼりゆく隼人城まで

いにしへに叛きし隼人鎮もりて岩陰に咲く小草の白し

征隼人将軍旅人《たびと》に抗へり服従せよと殺す無体に

もろともに咲き誇りたる桜《はな》を見む滅びし隼人とその裔の吾と

展望の塔より桜見下ろせば花はふはりと置かるるごとし

跋

繁田達子さんと知り合ったのは、まったくの偶然であった。上妻朱美さんの家に近いということもあって、「八雁」の歌会に出入りしつつやがて会員となる。何事につけ打ちこむタイプのように見えたが、わたしの中ではっきりと像を結んだのは、二〇一八年、三浦で開催された八雁全国大会で、万葉集巻十一「立ちて思ひ居てもそ思ふ紅の赤裳裾引き去にし姿を」（作者未詳・二五五〇）について発表したときである。その概要は、「紅の赤裳に魅了されて」（「八雁」第四十三号、二〇一九年一月号）にまとめられているが、繁田さんは万葉歌の鑑賞にあたって、紅花染めの工程をまず詳述し、古代の服制からさらに婚姻形態にまで及んだ。その手つきに、繁田さんが優秀な家庭科の高校教師であっただろうことを理解した。

家庭科とは、じつは一般に思うようなお裁縫や料理を教える科目ではない。少なくとも繁田さんの卒業した奈良女子大学ではそうではなかった。かつてわたしが高校生のとき、同じく奈良女子大出の若い先生がイプセンの『人形の家』を読ませたことを思い出す。

憲法第二十四条をプリントし生徒に配る授業開きに
教材としたる貧窮問答歌農は藁《わら》しき直土《ひたつち》に住む

「男女共修」一連より。繁田さんも、授業開きに憲法第二十四条「婚姻は、両性の合意のみに基いて成立し、夫婦が同等の権利を有することを基本として」という、あの家族関係における個人の尊厳と両性の平等をうたったくだりを教える教師であった。あるいは、山上憶良の貧窮問答歌を教材にして住まいというものを教える教師だった。

醤油焦ぐるにほひして来るお隣の1K《ワンケイ》アパート春の夜更けに

焚きあげて湯気に栗飯蒸らす間を思ひめぐれり焚くこと蒸すこと

己が腑の掻き出さるる経緯《ゆくたて》を烏賊知るごとし澄む眼して

透きとほる烏賊の造りに添へて置く薩摩切子の金赤の盃

正倉院展

刺し子縫ふ天平人の手の運びそのたしかさよ袈裟の針目は

焚くこと蒸すこと、織ること縫うこと、この卑近な行為は、人間の文明文化の基礎である。繁田さんの煮炊きの歌には、知のまなざしが徹っている。しかも、食材に対する限りないそして丁寧な愛情が感じられる。烏賊の造りに金赤の薩摩切子を添えて彩りうつくしくするのは、烏賊のいのちを荘厳するのである。古代の袈裟の縫い目一つにも、針をはこんだ温かい手を感じ取る。隣のアパートから醬油の焦げた匂いがするという歌の同種は、他にもあるかもしれないが、そのアパートの間取りを思う人がいるだろうか。

この歌集には、このような人間の行為に対する知のまなざしと、ものに対するこまやかな愛情のひそんだ歌がたくさんある。そこから、庭の草花の声を聴こうとする歌、あるいは生徒や孫や、若いもの幼いもののたちをいとおしむ歌は、ひとすじに繫がっている。

じつは、繁田さんの詳しい経歴も年齢も何もわたしは知らないのだが、たぶん六十年代に青春を過ごしたのだろうと思う。両親はそうすると大正初期あたりの生まれだろうか。

本好きの父の本すこし遺したり植物日誌の大学ノートも
遺影には写りてあらぬ細き指その指は弾きし浜辺の歌を

「お前様《まんさぁ》」語尾上げて父を呼ぶ声す庭にかがやく枇杷の実ありて

襖越し諍ふ声に「お前様」聞き取りにけり小女子《をとめご》われは

本仕舞とて『レーニン選集』を先ずは売り夫は空《す》きたる本棚を拭く

竹群のさやぐ小道に四拍子《しびやうし》の反戦歌ふと口衝きて出づ

父は、植物日誌を記す人であった。母は、ピアノだろうか、浜辺の歌を弾く人であった。夫は、つい先頃まで『レーニン選集』を書架に置いた。反戦歌は、作者自身の青春を呼び起こす。こんな家族環境のなかにあって、「お前様《まんさぁ》」という鹿児島方言のやわらかい響きが、女の嘆きとともによみがえる。こうやって歌を並べると、何か一編のドラマが生まれてくるような気がする。

背中割る意志のこれるか葉にすがる空蟬見れば漲る力

たくさんの良き歌が、この歌集には詰まっている。それらはきっと読者それぞれの目によって見出され、味わってもらえることだろう。

二〇二四年九月十七日

阿木津　英

あとがき

本歌集『聴花残日抄』は、私の初めての歌集である。歌を作り始めた二〇一二年より現在まで十年余りの間に作歌した中から四百三首を選び、それを二部に編集した。私と短歌との出会いは、二〇一二年、かごしま近代文学館短歌講座（講師川涯利雄氏）の受講に始まる。その受講者の方々と共に自主講座「風の会」を立ち上げて会の運営にも関わりながら約四年間に作った歌と、二〇一五年塔短歌会の全国大会が鹿児島で開かれたこともあり、塔短歌会に入会してその間一年半余りに作った歌を、Ⅰ部とした。Ⅱ部は、二〇一七年に八雁短歌会に入会して現在まで、歌誌「八雁」に発表してきた作品である。

私は大学卒業後六十五歳まで家庭科教師としてそのほとんどを高校に勤務した。明治初めの学制施行以来女子のみ学ぶ教科であった家庭科教育は、時の政策世の価値観等に揺らされながら変化してきたが、男女で学ぶ性差のない教科になったのは、高校ではわずか三十年位前のこと。どの時代どのような履修形態でもその根底に、教える者学ぶ者双方の生き方が問われる教科であるといえる。このような仕事に意義を見出し働き続けたことに、悔いはない。

とは言え、職業を離れたときの解放感は大きく、残されたこれからの人生をどのように過ごすかと思いをめぐらしながら、短歌に近付いていった。深い考えがあった訳ではなく教養の幅を広げようという程の意識だった。しかし歌作していくと、先ずは文語定型の調べが心地良く、それは体のどこからか湧き出てくる懐かしさのようなものと混ざり合い、表現への意欲をもたらしてくれた。

八雁に入会したのは、阿木津英氏の短歌を知ったのがきっかけである。また、鹿児島県ただ一人の八雁会員であった上妻さんの住まいと拙宅とが、非常に近いという楽しい偶然もあった。入会して、会員の方々の力ある歌や評論の数々、さらに多くの若い方々の活躍などを見聞きして、短歌を学ぶにいい短歌会だと感じている。

昨年八十歳の節目を迎えたとき、歌集を編んでみたいとの思いが湧いてきた。今迄作った歌を一覧にして通読すると、意識的には把握していなかった自分の歌の傾向を知るよすがになったと同時に、力不足の歌が見える事にもなった。また老いて歌を詠みはじめたことで、それまでの長い歳月にも心が動き過去も詠んだ。中には感傷に陥ったものもあり、歌集に編む価値があるのかと考え込んだりした。

しかし他方、老いて歌を詠みはじめたことで、晩年のさまざまな景色がゆたかに見えると感じる。今後は、歌のひとつひとつに等身大の自分そのものを載せて、時に老い弱る心を励ましながら、前に進みたいと思う。

八雁会員になって以来、阿木津英氏には言葉に尽くせないほど的確なご指導をいただいてきました。さらに今回はご多忙にもかかわらず、選歌して下さることに始まり、最後に歌集の題名を決めるまで丁寧にご教示下さいました。阿木津氏の過不足なき一言に励まされてどうにか完成に至ったと思います。心より感謝し深く御礼を申し上げます。

八雁鹿児島こいしの会の上妻朱美様、八雁会員の皆様方、また私に最初の歌の手ほどきをして下さった川涯利雄様、そして今まで歌を通じて知り会えたすべての方々に感謝の気持ちを申し上げます。また、退職後、文芸同人誌「原色派」に参加、九年間所属しましたが、ここで知り会えた鹿児島の文筆家奈良迫ミチ様に感謝を申し上げたいと思います。
拙い歌集ですが、ご笑覧頂けると幸いです。

二〇二四年七月二十三日

繁田達子

歌集　聴花残日抄

二〇二四年一〇月二九日初版発行

著　者　繁田達子
鹿児島県姶良市池島町一六―八（〒八九九―五六五三）

発行者　田村雅之

発行所　砂子屋書房
東京都千代田区内神田三―四―七（〒一〇一―〇〇四七）
電話　〇三―三二五六―四七〇八　振替　〇〇一三〇―二―九七六三一
URL http://www.sunagoya.com

組　版　はあどわあく

印　刷　長野印刷商工株式会社

製　本　渋谷文泉閣